Ritterbuch

der Klassen 4
der Freiligrathschule, Hamm

AF281047

Schüler schreiben Bücher©

Ritterbuch

Rittergeschichten
von einer Klassenfahrt zur Burg Bilstein

Die Schülerinnen und Schüler
der Klassen 4, der Freiligrathschule, Hamm

Eine Initiative des
LSF Landesverband Schulischer Fördervereine NRW e.V.   …eine starke Verbindung

LSF

Impressum

Bibliografische Information der Deutschen Bibliothek:
Die Deutsche Bibliothek verzeichnet diese Publikation
in der Deutschen Nationalbibliografie;
detaillierte Daten sind im Internet über <http://dnb.ddb.de> abrufbar.

©2006 – LSF Landesverband Schulischer Fördervereine NRW e.V.

Umschlaggestaltung: Hilberg & Hilberg Werbeagentur, 42579 Heiligenhaus

Herstellung und Verlag: Books on Demand GmbH, Norderstedt

ISBN 3-8334-4975-6

Mit freundlicher Unterstützung der

Inhaltsverzeichnis

Rittergeschichte von SARAH

Der Prinz Diabolo und Prinzessin Calla

Es war einmal vor langer, langer Zeit als der Prinz Diabolo die Prinzessin Calla erlösen und sie dann zu seiner Frau nehmen wollte. Also ritt er , dass ein Drache das Schloss bewachte. Aber der Ritter gab nicht auf. Er zog sein Schwert aus der Tasche und piekste dem Drachen in den Po. Da rannte der Drache weg. Der Ritter dachte, er sein endlich da, aber die Tür war verschlossen. Er versuchte viele Tage sie öffnen. Aber was war das? Schließlich kam der Drache wieder, aber als der Drache den Ritter sah, rannte er gleich wieder weg. Der Ritter dachte nach. Er dachte viele Tage scharf nach. Nun guckte er unter der Fußmatte nach und da sah er den Schlüssel. Er schloss die Tür auf und erblickte endlich die Prinzessin. Er küsste die Prinzessin. Da wachte die Prinzessin auf und sagte: „Du hast mich erlöst. Willst du mich heiraten?" Der Ritter antwortete: „Ja, ich will." Endlich sind sie ein Paar.

Rittergeschichte von SHARI

Die Prinzessin wird entführt

Die Prinzessin ist entführt worden. Der Ritter hörte im Schlaf eine Stimme. In der ersten Nacht kam die Stimme von drinnen. Der Ritter folgte der Stimme. Doch plötzlich hörte sie auf. In der zweiten Nacht kommt die Stimme von draußen. Der Ritter folgte ihr bis zu einer Höhle. Da war die Prinzessin. aber der Zauberer war auch hier. Er verwandelte den Ritter und die Prinzessin in Drachen. Ein anderer echter Drache schaute verdutzt und riss dem Zauberer den Zauberstab aus der Hand. Endlich befreite der Drache den Ritter und die Prinzessin. Dann feierten die Prinzessin und der Ritter Hochzeit.

Rittergeschichte von STEPHAN

Ein Kampf um Leben und Tod

Eines Tages wollte einer der Ritter in die Höhle des Drachen gehen und ihn fangen. Aber er schaffte es nicht. Doch heute wollte er wieder hinein und er sah, dass es mehr Drachen waren als sonst. Es waren kleine Drachen, die er sah. Er besiegte alle, doch musste er den großen noch besiegen. Plötzlich kam der große Drache. Der Ritter wollte ihn fangen und er schafft es. Nun gingen beide, der Drache und der Ritter, zurück zum Dorf. Der Ritter sah, dass es von anderen Rittern angegriffen wurde. Zusammen mit dem Drachen griff er an. Sie besiegten alle und retteten das Dorf. Der Ritter kämpfte an einer Seite mit dem Drachen gegen die bösen Ritter.

Rittergeschichte von PIA

Der Kampf um die Prinzessin

Es war einmal eine sehr schöne Prinzessin, die bald heiraten musste. Aber am nächsten Morgen war die Prinzessin weg. Der Ritter war sehr traurig, er wusste wo die Prinzessin war. Erika war nämlich bei dem Drachen. Der Drache wollte die Prinzessin auch heiraten. Erika wollte das aber nicht. Eines Nachts machte sich der Ritter auf den Suche. Er fand die Höhle und der Ritter tötete den Drachen.

Und wenn sie nicht gestorben sind. dann leben sie noch heute. Und geheiratet haben sie auch.

Rittergeschichte von OZAN

Ritter Kronenwald

Heute gehen die Ritter los, um sich neue Pferde anzuschauen. Die Ritter wohnen in einer Burg. Jeder Ritter hat fünf Rittersachen. Sie haben auch Ritterfrauen und Ritterturniere. Als die Ritter neuen Pferde bekamen, haben sie gegen die bösen Ritter gekämpft. Da gab es einen Drachen. Dieser Drache stand< auf der Seite der bösen Ritter. Soeben kommt der König und gibt den Rittern Zauberkraft. Später haben die Ritter die bösen Ritter und den Drachen besiegt.

Rittergeschichte von ÖZCAN

Der König und die alte Hexe

Es war einmal eine große Burg, da wohnte ein König und daneben war auf einmal ein alter ekelhaftes Haus. Da wohnte die alte Hexe. Später hatte ein Ritter das alte ekelhaftes Haus gesehen. Er rannte sofort zum König und sagte: „ Ihre Hoheit, neben unserer Burg ist ein ekelhaftes Haus." Der König fragte sich, wo dieses Haus wohl herkommen könnte und beauftragte die Ritter zum Haus zu gehen um nach zu sehen, wer in diesem Haus wohnte. Nach 2 Stunden kamen die Ritter wieder. Sie hatten einen Frosch in der Hand sagten: „ Oh meine Hoheit. Sie ahnen nicht, was passiert ist. Ritter Alfred wurde in einen Frosch verzaubert. In dem haus wohnt eine Hexe." Der König war entsetzt und wollte dies nicht glauben. Er schickte den Adeligen Briefe und erzählte ihnen von seiner neuen Nachbarin. Nachdem die Adeligen diese Nachricht bekamen eilten sie zur Burg wollten die Hexe mit eigenen Augen sehen. Sie gingen zusammen mit dem König zur Hexe und die war nicht sehr böse. Der König fragte sie, warum sie Alfred in einen Frosch verwandelt habe Sie sagte, dass er sehr frech gewesen sei. Sie würde alle verzaubern, wenn sie sie nicht in Ruhe lassen würden. Der König sagte: „Nun gut. Wir lassen Sie hier wohnen. wenn sie Alfred zurück verzaubern." Die Hexe war damit einverstanden und die beiden bleiben Jahre lang gute Nachbarn. Und wenn sie nicht gestorben sind, dann leben sie noch heute.

Hexenhaus

Ritter Burg

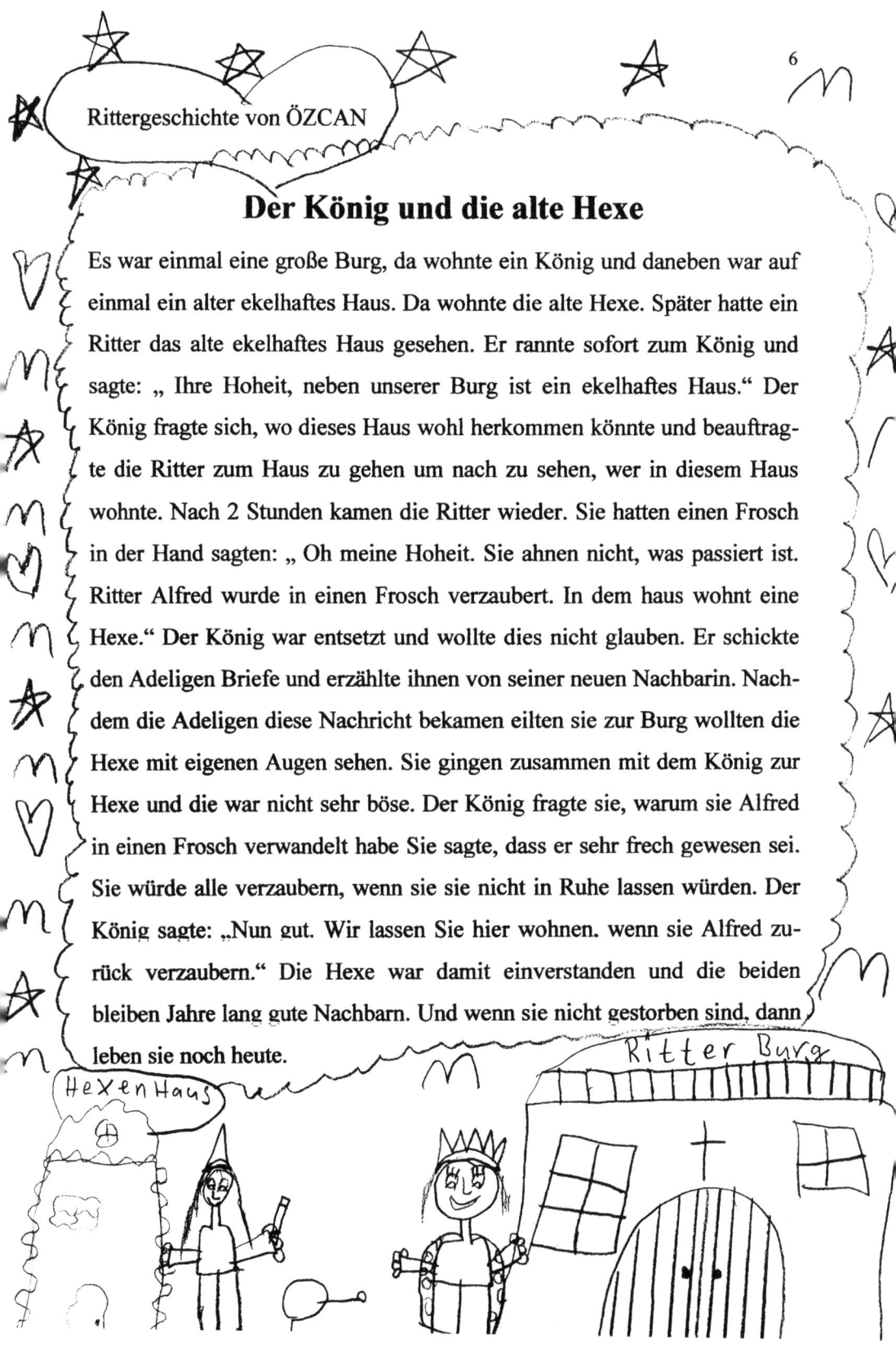

Rittergeschichte von MARVIN

Die entführte Prinzessin

Es war vor langer Zeit ein Mann, der hieß Marcel. Er war neu auf der Burg. Sofort kamen der König und die Königin, um Marcel zu begrüßen. Marcel sagte: „Ich möchte ein Ritter werden." Der König antwortete: „Es findet ein Kampf statt. Morgen am Palast." Marcel erwiderte: „Ok., dann bis morgen!"

Es waren fünf Ritter da, zum Schluss waren es nur noch zwei Ritter.

Plötzlich wurde die Prinzessin entführt. Marcel und der andere Ritter sollten die Prinzessin Lea suchen. Marcel war in einer Höhle, da war die Prinzessin Lea. Unerwartet kam der böse Alex, der die Prinzessin Lea entführt hatte. Es ging um Leben und Tod. Sie zogen die Schwerter. Marcel hatte den Kampf gewonnen. Er hatte Lea gerettet. Marcel war in Lea verliebt und sie haben geheiratet.

Rittergeschichte von LEONARD

Die Suche nach Prinzessin Windblume

Eines Tages verschwand die Prinzessin. Der König wunderte sich. Er forderte den Ritter Kronenkrieg auf, im Wald nach der Prinzessin zu suchen. Die Suche begann. Im Wald fand der Ritter einen Löwen, der am Mund blutete. Der Ritter dachte der Löwe hätte die Prinzessin getötet, aber nach einiger Zeit behauptete er es nicht mehr. Es ging weiter. Ritter Kronenkrieg fand eine Höhle, aber da war nichts. Plötzlich sah er eine schwarze Burg. Er holte Verstärkung. Dann gingen sie zur schwarzen Burg. Einer der Männer sah in einem Turm eine Prinzessin, die aussah wie Prinzessin Windblume. Sie griffen an. Der Kampf begann. Zusammen haben sie sich durchgekämpft. Sie mussten nur noch gegen den schwarzen Ritter kämpfen. Alle sind gestorben, außer Ritter Kronenkrieg. Er hat die Prinzessin befreit und brachte sie nach Hause. Und wenn sie nicht gestorben sind, dann leben sie noch heute.

Rittergeschichte von MARCEL

Der Ritter Kronenwald findet einen Schatz

Der Ritter Kronenwald ist ganz allein mit seinem Pferd Tom auf der Burg. Nachher gibt es um 11 Uhr für sein Pferd und ihn was zu essen. Darauf gehen sie in den Wald und zelten. Am nächsten morgen reitet der Ritter weiter. Plötzlich sieht er etwas Goldenes. Er reitet näher ran und gräbt es aus. Es ist ein Schatz! Er macht die Truhe auf. Er hat zuerst nur was Goldenes gesehen. Was ist das? Schließlich hat er es heraus gefunden. Es ist Gold! Zum Schluss gehen die beiden mit dem Gold nach Hause.

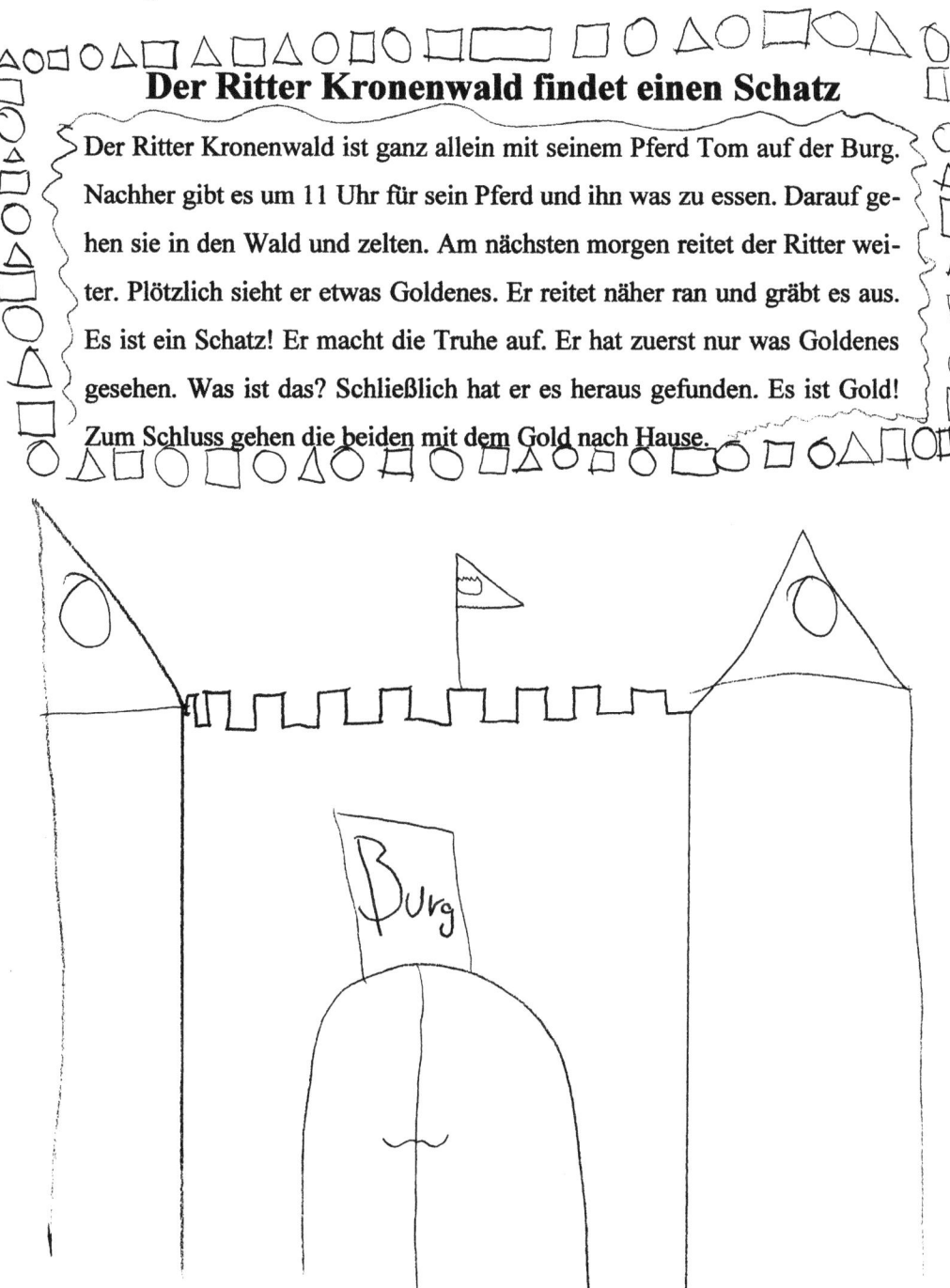

Rittergeschichte von KAZIM

Ritter Todeswald

Ritter Todeswald war mit seinen Männern im Schloss. Sie hatten Langeweile gehabt. Sie überprüften den Wald. Da gab es Feuer und einen Drachen. Ein Ritter lief so schnell er konnte und holte Verstärkung: „König, König in dem Todeswald da brennt es und ein Drache ist da! Unsere Männer greifen ihn mit Ritter Todeswald an. Wir brauchen mehr Männer!" „Okay, ich gebe euch zwanzig Männer dazu", sagte der König. Der Ritter Todeswald warf sein Schwert in die Schnauze des Drachen. Schließlich starb der böse Drache, erzählte der Ritter dem König . Die Ritter wurden immer älter und dann starben sie.

Rittergeschichte von JESSIKA

Prinzessin Calla will Ritter werden

Leo und Alexander spielten in der Nähe von Burg Bilstein Ritter. Prinzessin Calla kam in den Garten und fragte die Jungs, ob sie mit spielen kann. Die Jungs antworteten: „Du bist doch ein Mädchen. Mädchen sind schwach und lahm. Du kannst nie im Leben Ritterin werden. Du bist zu schwach Calla." „Ich bin nicht schwach und lahm wie du denkst." Endlich sagte Calla: „Eine Runde Armdrücken und ein Wettlauf werden es entscheiden." Prinzessin Calla gewann die Spiele. Ihr Vater schlug sie zur Ritterin.

Rittergeschichte von Jasmin H. und Jacqueline

Jona hat nur einen Wunsch

Im Mittelalter lebten viele Jungen, die Ritter bewunderten und die selbst einer werden wollten. So ein Junge war auch Jona.

Jona hatte einen Lieblingsritter, Edward von Schwanitz. Eines Tages sah Jona wie der Ritter im Wald überfallen und verschleppt wurde. Jona hob den Glücksbringer, den Edward von Schwanitz beim Kampf verlor, auf. Sofort verfolgte Jona die Räuber mit dem Ritter, bis sie zu dem Lagerplatz gelangten. Dann rannte Jona so schnell wie möglich zur Burg Schwalbenforst zurück. Allerdings wollte man ihn zunächst nicht bis zum König vorlassen. Deshalb zeigte Jona allen den Glücksbringer des Ritters. Schließlich erzählte er dem König die Geschichte von dem Überfall. Am Ende konnte Edward von Schwanitz gerettet werden.

Da war der Ritter so glücklich, dass er Jona nach seinem allergrößten Wunsch fragte. So wurde Jona Knappe von Edward von Schwanitz und war so froh und stolz wie schon lange nicht mehr.

Rittergeschichte von JASMIN G.

Die Ritterfrau gewinnt

Endlich nahm mal eine Ritterfrau an einem Turnier teil. Die Frau musste gegen einen anderen Ritter kämpfen. Auf einmal ging das Turnier los und die Ritterfrau war sofort dran. Sie musste bei einer Übung auf einem Pferd stehen. Die Ritterfrau hat gewonnen. Dafür bekam sie einen Pokal.

Rittergeschichte von GÜLSAH

Der Ritter mit dem Zauberschwert

Eines Tages sagte der König den Rittern: „Wer im Wald die Hexe tötet und den bösen Drachen besiegt darf meine Tochter heiraten." Da staunten die Ritter und machten sich auf den Weg mit ihren Pferden. Aber die Hexe und der Drache waren sehr gefährlich. Eines Tages kam ein Ritter in eine Höhle und da sah er ein Schwert, das ein Zauberschwert war. Das Schwert war in einen großen Stein eingeklemmt. Er zog es heraus. Dann ging er in den Wald, um die Hexe und den Drachen zu besiegen.

Die anderen Ritter konnten nicht mehr die Hexe und den Drachen töten. Dann geschah ein Wunder. Schnell tötete der Ritter mit dem Zauberschwert den bösen Drachen und die Hexe. Dann wusste der König Bescheid und eilte so schnell er konnte. Der König musste sein Versprechen halten. Der Ritter und die Prinzessin heirateten. Und wenn sie nicht gestorben sind, dann leben sie noch heute.

Ende

Rittergeschichte von DANIEL

Robin Hood gewinnt

Robin Hood klopft an das Tor einer Burg. Er fragte: „ Kann ich beim Pfeil- und Bogenwettbewerb mitmachen?" Der Ritter sagte: „Ich muss nur das Tor öffnen." Der König erklärte der Prinzessin: „Heute ist ein Turnier und wir gehen auch dahin!" Nach einer Stunde begann das Turnier. Als erstes spielte Robin Hood gegen Griesbart. Griesbart traf nicht den Sack. Robin Hood traf den Sack in der Mitte. Er spielte als nächstes gegen Grauenfels. Grauenfels traf den Sack an der Seite. Robin Hood traf wieder in die Mitte. Als nächstes spielte er gegen Grusel. Grusel traf den Sack in der Mitte. Robin Hood traf den Sack auch in der Mitte. Er musste noch einmal gegen Grusel spielen. Grusel traf den Sack an der Seite. Robin Hood traf den Sack in der Mitte. Robin Hood gewann den Pfeil und Bogen Wettbewerb.

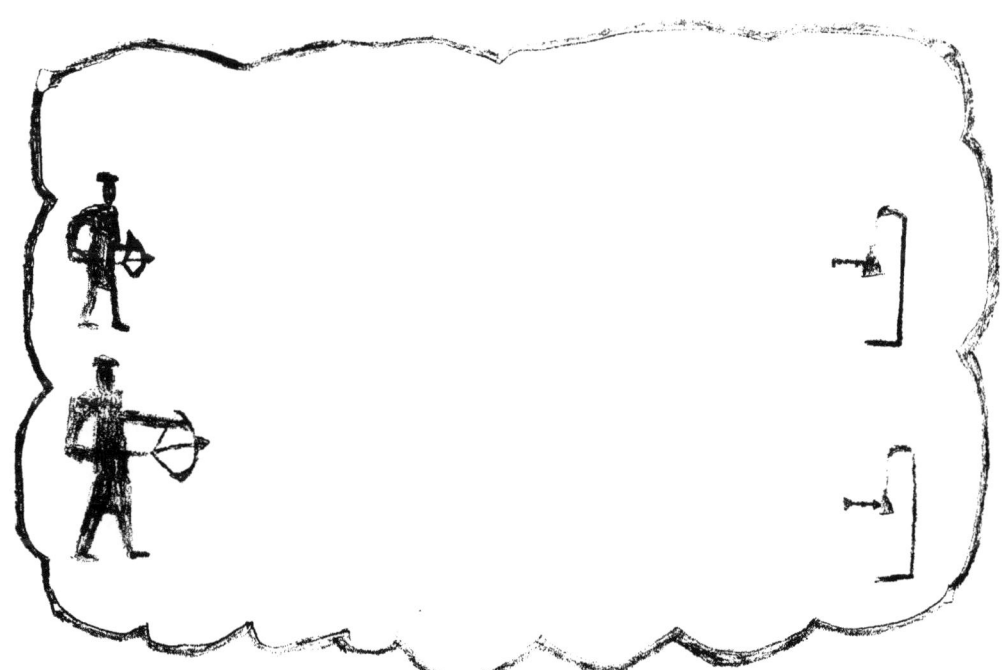

Rittergeschichte von AYSEMA

Die entführte Prinzessin

Es war einmal eine wunderschöne Prinzessin, die hieß Aneliese. Ihre Mutter war schon gestorben als sie ganz klein war. Anelieses Vater hatte Aneliese von dem bösen Zauberer erzählt. Am Abend hatte Aneliese ein schlechtes Gefühl. In der Nacht, um 12 Uhr Mitternacht, entführte sie der Zauberer. Früh am Morgen gab es ein Turnier. Der König hielt zu Ritter Weißbart. Der König rief seine Tochter Aneliese, aber Aneliese sagte keinen Pieps. Als das Turnier zu Ende war, hatte der Ritter Weißbart gewonnen. Dann schaute der Ritter nach Aneliese. Der König war erschrocken, auf dem Tisch lag ein Zettel. Der König sagte: „ Der Zauberer hat meine Tochter Aneliese entführt." Der König wusste nicht was er tun sollte. Er dachte und dachte nach.

Als der König Aneliese entführt hatte, brachte er sie in einen Turm. Aneliese schrie und schrie. Der Zauberer war wütend und sagte: „Sei jetzt still!" Er warf die Prinzessin in eine Kammer. Die Prnzessin hatte Angst, sie sagte: „Oh Vater, bitte rette mich vor diesem bösen Zauberer." Auf einmal flog eine Taube an das Fenster. Aneliese konnte auf einmal die Vogelsprache. Oh nein der böse Zauberer kommt. Die Taube versteckte sich. Als der Zauberer in die Kammer kam, sagte er: „Was geht hier vor?" Aneliese sagte: „Gar nichts!" Der Zauberer hatte ein schlechtes Gefühl bei der Sache. Aneliese sagte: „Hey, kleine Taube. Komm raus. Er ist weg." Sie berichtet der Taube ihren Plan: „Also ich suche mir ein Blatt und schreibe meinem Vater, dass er mich rettet." Plötzlich kam der Zauberer in die Kammer und sagte: „Ha Ha Ha! Ich wusste was hier vorgeht." Aneliese weinte: „Oh nein, du böser Kerl. Lass mich in Frieden." Als Aneliese mit dem Zauberer stritt, flog die Taube weg. Aneliese schrie den Zauberer an: „Wegen dir ist die süße Taube weggeflogen." Aneliese weinte den ganzen Tag. Sie war sehr traurig, aber sie hoffte, dass ihr Vater sie retten würde. Im Schloss sagte der König den Rittern: „Meine Tochter ist von dem bösen Zauberer entführt worden." Plötzlich kam Ritter Weißbart in das Schloss. Der Ritter sagte zu dem König: „ Ich rette eure Tochter Aneliese." Der König sagte: „Aber Ritter Weißbart, sie wissen gar nicht, wo er wohnt." Der Ritter antwortete: „Kein Problem. Ich weiß wo der Zauberer wohnt." Der Ritter Weißbart ritt mit seinem Pferd Wirbelwind zum Turm. Er klopfte an die Tür. Der Zauberer machte die Tür auf. Ritter Weißbart griff ihn an. Plötzlich starb der Zauberer. Die Prinzessin rief nach Hilfe. Der Ritter hörte sie und befreite sie. Und wenn sie nicht gestorben sind, dann leben sie noch heute.

The end

Der größte Krieg im Mittelalter

Es war einmal eine starke Stadt. Die Bewohner dieser Stadt dachten, sie wären unbezwingbar. Sie dachten auch, dass ihre Kavallerie jedes Turnier gewinnen würde. Aber es gab ja noch den schwarzen Ritter und seine Bande. Auf einmal kam ein Brief vom schwarzen Ritter: Ich gegen einen von euch im Turnier antreten. Der schwarze Ritter kam mit seiner Bande. Der schwarze Ritter wurde mit einem Hieb getötet. Die Diener des schwarzen Ritter holten ihre Hörner heraus und bliesen. Mitten im Blasen wurden sie erschossen. Nun flogen Pfeile auf sie und der König floh mit einigen Kriegern. Nach einiger zeit flog ein Drache namens Deodor herbei. Auf seinem Rücken saß der König, und viele andere kamen mit ihm. Drachen, Ungeheuer, Jäger und Bogenschützen. Nun griffen sie an und siegten. Alle wurden zum königlichen Beschützer, Drache Deodor aber zum königlichen Transportmittel gekrönt.

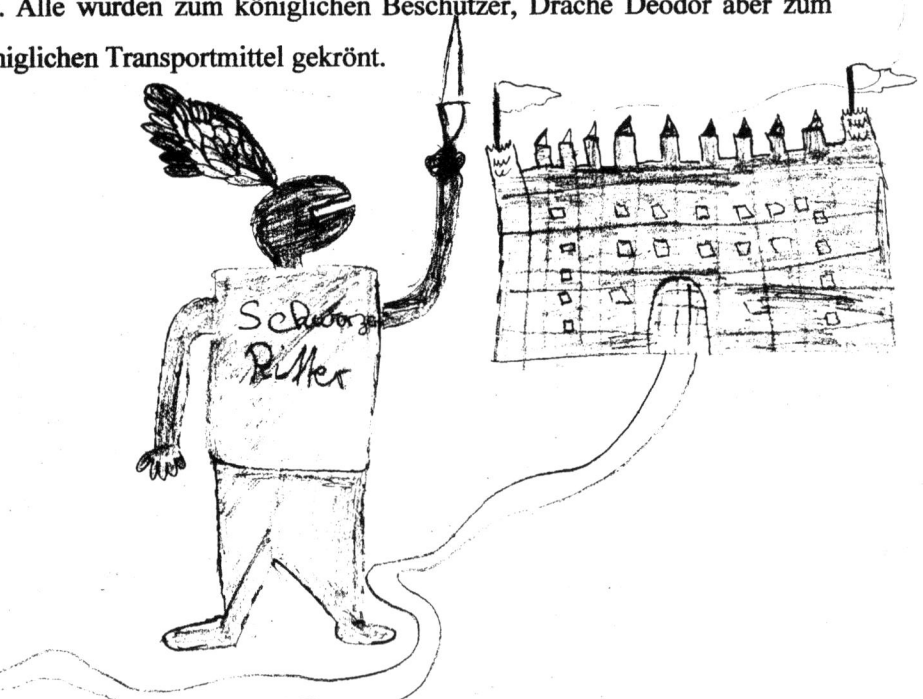

Rittergeschichte von EILEEN

Der Knappe und der Ritter

Vor langer, langer Zeit gab es einen Ritter, Ritter Rembold. Er hatte einen Knappen, der eines Tages auch einmal Ritter werden wollte. Endlich gingen sie in die Berge. Sie übten und übten mit dem Schwert umzugehen. Plötzlich fragte Ritter Rembold den Knappen: „Gibt's du endlich auf?" Der Knappe antwortete: „Nie im Leben gebe ich auf." Jetzt gingen Ritter Rembold und der Knappe zurück zur Burg. Es war dunkel, zu dunkel! Sie machten die Kerzen an. „Ihr Leute, was ist denn los?" fragte der Knappe. „Er war hier", antworteten die Leute gehorsam. „Wer, wer war hier?" fragte der Knappe. „Ein riesiger Drache war hier", sprachen die Leute. Ein paar Jahre später. „Knappe!" rief Ritter Rembold. „Ja, ich bin hinter dir," rief der Knappe. Ritter Rembold schreit: „Du sollst zur Königin und zum König gehen, weil du den Drachen besiegt hast." „O.k.", redete er.

Rittergeschichte von EDA

Der Ritter und das Pferd im Kampf gegen den Drachen

Es war einmal ein Ritter und ein Pferd, die bereiteten sich auf den Kampf vor. Die kämpfen gegen den Drachen. Der Drache war auch gefährlich. Am Morgen fängt der Kampf an. Jetzt kommt der Drache auf die Burg und der Ritter auf dem Pferd. In diesem Augenblick kommt der Drache näher und näher zu dem Ritter. Nach einer Stunde endet der Kampf. Die eine Stunde ist vorbei. Jetzt sagen einige Leute, wer gewonnen hat. Plötzlich rufen die Männer: „Ritter! Ritter!" Der Ritter wusste nicht, wieso alle „Ritter" gerufen hatten. Wisst ihr wieso? Weil der Ritter gewonnen hatte. Der Ritter freute sich so sehr.

Rittergeschichte von DAJANA

Der Prinz will die Prinzessin heiraten

Eines Tages ist der Prinz auf die Suche gegangen. Er wollte die Prinzessin aus der Burg holen, aber er hat sie nicht gefunden. Ein paar Tage später hat er eine Burg gefunden. Er ist dann in die Burg hinein gegangen. Sie haben sich dann gesehen. Sie sind auf sich zu gerannt. Sie haben dann sofort geheiratet.

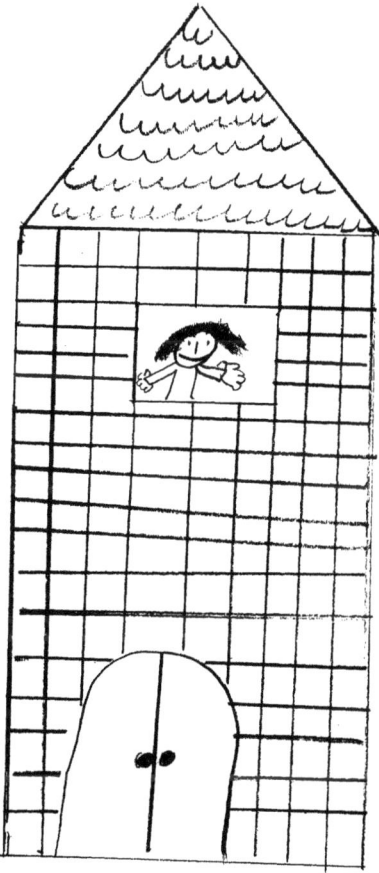

Rittergeschichte von ANDRE

Ritter von und zu Welle gewinnt

Es war ein ganz friedlicher Tag auf der Burg und früh am Morgen. Wir gingen auf den Wachturm, um nach zu sehen, ob wir angegriffen wurden. Es dauerte nur noch bis Morgen, dann fängt das Turnier an. Ich war schon ganz aufgeregt. Ich ging zum Stall, um nachzusehen, ob mein Pferd im Stall war. Ich rief: „Welle!" Welle ist gekommen. Auf einmal rief meine Mutter: „Komm wir reiten zum großen Turnier." Wir gingen zum Stall, um die Pferde zu holen. Wir ritten los. Als wir angekommen waren, ging es los. Zuerst kam der Kampf mit den Lanzen, danach der Kampf mit den Schwertern. Auf einmal pfiff der Schiedsrichter ab. Er sagte: „Das Turnier ist vorbei. Ritter von und zu Welle hat gewonnen." Schließlich bekam ich einen Pokal. Danach weinte meine Mutter vor Freude. Zuletzt ritten wir nach Hause zur Burg. Das ist das Ende der Geschichte.

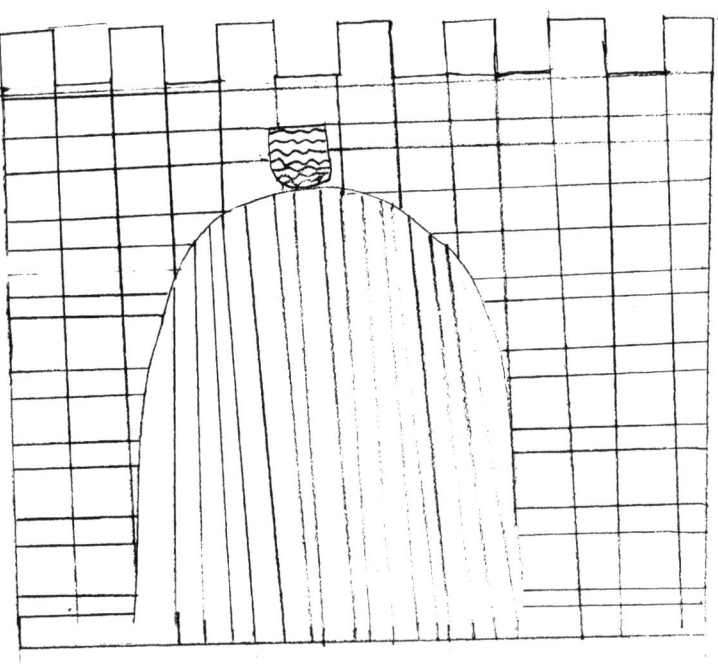

Rittergeschichte von ALVIN

Kampf um Leben und Tod

Eines Tages spielten die Ritter mit den Pferden bei der Burg. Am nächsten Tag wollten sie weiter spielen, aber sie konnten nicht mehr weiter kämpfen, weil viele Ritter im gefährlichen Kampf gestorben waren. Später hatten die Ritter mit vielen Drachen gekämpft. Nach einer Woche sind auch die Drachen gestorben, weil die Ritter die Drachen getötet hatten. Danach mussten die Ritter alleine kämpfen. Zuletzt sind auch die Ritter gestorben.

Rittergeschichte von CHRISTOPHER

Zelder

Zelder war noch sehr jung, als sein Vater ihm das Holzschwert gab. Aber Zelder fragte sich, wozu er es brauchen mag. Deshalb fragte er seinen Vater: „Vater, wofür brauche ich das?" Zelders Vater antwortete: „ Mein Sohn, das erfährst du schon früh genug." Eines Nachts ging sein Vater zur Burg der tausend Augen. Zelder wusste nicht warum, aber er folgte ihm. Auf einmal raschelte es im Gebüsch, aber Zelder ging weiter. Nach ein paar Minuten raschelte es wieder. Auf einmal fiel Zelder auf, dass es ein Troll war. Der sagte zu ihm, dass sein Vater ein schwarzer Ritter sei. Zelder war empört und wollte dem Troll nicht glauben. Aber, es war wirklich wahr, was der Troll sagte. Der Troll hatte Mitleid mit Zelder und zeigte ihm einen Gang. Zelder war nun in der Burg drin. Plötzlich hörte er die Wachen und seinen Vater. Die Wachen wollten ihn gerade zu dem Drachen Magmar bringen. Zelder hatte keine Chance, weil es zu viele Drachen waren. Deshalb folgte er ihnen. Er hatte große Angst, weil er noch nie in dieser Gegend gewesen war. Auf einmal hörte er die Drachen sagen: „Wir sind gleich beim Drachenfels." Daraufhin kamen sie zum Drachenfels und auch Zelder war da. Zelder versteckte sich vor den Wachen. Nun stand er vor der Tür von Magmar. Er machte sie offen und versteckte sich hinter einem Pfeiler. Er schaute vorsichtig und sah Magmar mit den Wachen und seinem Vater. Magmar fragte: „Wo ist dein Sohn?" Zelders Vater sagte: „ Ich habe keinen Sohn."

Magmar sagte: „Dann musst du sterben!" Zelder hörte das und sprang aus seinem Versteckt hervor.

Rittergeschichte von SHARI

Der Ritter und der Drache

Es war im Mittelalter. Ritter Kuno ritt zum Palast des Königs Roy, wo er erfuhr, dass dessen Tochter Lisa von einem bösen Drachen entführt wurde. Darauf sagte Roy: „Ich setze eine Belohung aus für den, der mir mein Kind zurück bringt!" „Ich mache mich sofort auf den Weg", sagte Kuno. Bevor er sich umdrehte und zur Tür ging sprach der sorgende Vater: „Weißt du überhaupt wo das ist?" Der andere lachte: „Nein." Dann erklärte der Page: „Es ist hinten im dunklen Wald. Dort wirst du eine große Höhle finden. Wenn du sie siehst, findest du auch das Fräulein." Jetzt machte er sich auf den Weg um das Burgfräulein zu retten. Es wurde Abend und Kuno hörte plötzlich etwas in den Büschen. Er bekam schreckliche Angst aber ging trotzdem dem Geräusch hinterher. Hinter dem Gebüsch sah er ihn, den bösen Drachen. Oben auf einem Felsvorsprung lag die Prinzessin. Sie wurde wach und schrie so laut, dass der Drache aufwachte. Der Ritter rief der Prinzessin zu: „Ich will dich doch nur retten!" Der Drache sah den Ritter und wurde wütend. Jetzt spuckte er zur Verteidigung Feuer. Der Ritter konnte gerade noch ausweichen. Lisa hatte Angst um Kuno und wollte ihm helfen, indem sie den Bösewicht ablenkte. Bald rief sie: „Hey, Drache, lass ihn in Ruhe!" Sofort drehte sich der Drache um und wollte die Prinzessin angreifen. Zunächst zögerte Ritter Kuno, doch dann nahm er sein Schwert und rammte es dem großen Riesen in den Rücken. Der Drache war sofort tot. Das Mädchen sprang runter und ging mit ihrem Retter nach Hause: Als die beiden nach Hause kamen wurden sie mit einem Fest empfangen. Der König sprach einen Toast aus: „Dank Kuno ist mein Kind in Sicherheit. Bitte, Kuno, nimm meine Tochter zur Frau." Kuno antwortete: „Wenn es der Prinzessin recht ist, tue ich es." „Oh ja. Ich werde eine gute Gattin

sein", sagte sie. Die zwei wurden glücklich und lebten noch lange.

Rittergeschichte von SABRINA

Der einsame Ritter auf Burg Bilstein

Eines Tages war ein Ritter auf Burg Bilstein. Dieser Ritter Rudi glaubte, er sei der beste von allen Rittern die auf der Burg lebten. Eigentlich war Rudi sehr feige und ängstlich, doch er glaubte immer noch, er wäre der Beste von allen Rittern. Die anderen Ritter sagten: „Was, du sollst der Beste sein? Das gibt es doch wohl nicht." Schließlich waren die anderen Ritter gemein. Sie wollten, dass Rudi von der Burg fort ging. Rudi ritt in den Wald um zu beweisen, dass er einen Hirsch schießen konnte. Zunächst sah Rudi einen Hirsch. Ganz leise stahl er sich zu dem Hirsch, der Hirsch rannte so schnell, Rudi konnte ihn auch nicht einholen. Er ritt wieder zu der Burg. Die anderen standen um ihn. Sie schauten ihn an und sagten: „Rudi, hast du denn immer noch keinen Hirsch geschossen?" Rudi sagte: „Nein, er ist mir zu schnell gewesen."

3 Jahre später war Rudi der Beste. Wenn er einen Hirsch schießen musste, hatte er sofort einen und alle waren mit ihm befreundet. Zum Schluss war er auch nicht mehr so einsam auf der Burg.

Wenn sie nicht gestorben sind, dann leben sie noch heute.

Rittergeschichte von ANIKA

Der Geist vom einsamen Ritter

Es war einmal vor über 500 Jahren, da lebte ein einsamer Ritter in seiner Burg. Der Ritter wünschte sich eine Familie, aber er blieb allein. Als er starb spukte er als Geist durch seine Burg, denn er wollte nicht, dass andere in der Burg wohnen. Nach vielen Jahren zogen neue Bewohner in die Burg ein. Nachts hörten sie immer komische Geräusche. Die Burgbewohner wollten wissen, woher diese komischen Geräusche kamen, deswegen schickten sie Wachen, um nachzusehen, woher die Geräusche kamen. Um Mitternacht sahen die Wachen eine weiße, durchsichtige Gestalt. Die Männer fragten: „Was war das? Doch wohl kein Geist?" Plötzlich schlich der Geist sich von hinten an und schrie: „Buh!" Die Wachen rannten davon. Die Wachmänner erzählten den Burgherren von dem Geist. Der Herr sagte: „Dann verkleidet euch als Drachen, vielleicht erschreckt er sich so sehr. dass er flieht." Als Drachen verkleidet suchten die Wachen den Geist. Plötzlich sahen sie den Geist. Er erschrak sich so sehr, dass er davon flog. Die Wachen sagten: „Der Geist ist geflohen." Nun konnten alle in Ruhe schlafen. Aber was war mit dem Geist? Der Geist floh auf eine andere Burg. Er fand viele andere Geister und eine Geisterfrau. Zusammen spukten sie als Geisterfamilie durch die Burg. Und wenn ihr mal auf einer Burg seid und Geräusche hört wisst ihr ja. wer das ist: Es ist die Geisterfamilie.

Rittergeschichte von DENIZ

Der Drache und der Ritter

Es war einmal ein Drache. Der Drache griff jeden Tag die Burg Einstein
an. Eines Tages kam ein Ritter und sagte zum König: „König, ich werden
den Drachen besiegen." Der König sagte: „Wenn du den Drachen besiegst,
gebe ich die eine Belohnung." Der Ritter ging, um den Drachen zu
besiegen. Als er den Drachen besiegt hatte, kam der Ritter mit seiner Rüstung rein. Der Drache lag draußen. Der Ritter sagte: „Ich habe den Drachen
besiegt." Der König sagte: „Schön, dass du den Drachen besiegt hast. Dafür müssen wir dich belohnen." Der Ritter sprach: „Was soll ich denn dazu
sagen. Ich will eine besondere Belohnung, und zwar deine Tochter." Der
König sagte. „Du willst meine Lisa?" Der Ritter sagte: „Ja, ich will deine
Tochter." Der König sagte: „Okay, ich gebe dir meine Tochter Lisa." Der
Ritter und Lisa sagten okay. Die Lisa sagte: „Ich will den Ritter Kevin als
meinen Mann." Der Ritter Kevin sagte: „Okay, ich will Lisa als meine
Frau." Der König sagte: „Ich werde mit meinen Rittern in eine andere Burg
gehen, damit du mit deinen Rittern und Lisa hier wohnen kannst." Der
Ritter sagte: „Ich habe keine Truppe." Der König sagte: „Jetzt hast du eine
Truppe." „Wie geht das denn?" Der König sagte: „Ich habe dir eine Truppe
besorgt." Der Ritter sagte: „Von wo hast du denn die Truppe her?" Der
König sagte: „Ich hatte einen guten alten Freund, der hat die Truppen
gegeben." Der Ritter und Lisa heirateten und wohnten auf Burg Einstein.
Wenn sie nicht gestorben sind, dann leben sie noch heute.

Rittergeschichte von JASMIN

Ritter Walter verliebt sich

Es war vor langer, langer Zeit. Ritter Walter lebte in einer prachtvollen Burg. Diese Burg hieß Burg Bielstein. Eines Tages wollte der Ritter spazieren gehen, er ging aus seiner Burg über die Brücke und ins Dorf hinein. Dort sah er einen schönen Garten. Ritter Walter dachte nach. Er glaubte, dass man sich dort hinsetzen konnte, und ja, das konnte man auch. Da sah er eine wunderschöne Frau sitzen die leuchtende Augen hatte. Ritter Walter dachte nach: „Soll ich sie fragen, ob sie mit mir einen Wein trinken möchte?" Schließlich überlegte er und dachte: „Okay! Ich mach es!" Nach einer Weile ging er dorthin und sprach sie an: „Hey, du da! Hast du vielleicht Lust mit mir einen Wein zu trinken?" „Oh ja, gerne! Nur leider habe ich kein Geld mehr." „Ach das ist doch nicht schlimm. Ich lade dich ein. Wie heißt du eigentlich?" „Ich heiße Lily, und du?" „Ich heiße Ritter Walter." "Was? Du bist ein Ritter?" „Ja!" sagte Ritter Walter. „Oh, ich liebe Ritter! Wollen wir mal auf deine Burg?" „Ja, gerne!" Dann gingen die beiden zur Burg. „Wow, ist die groß!" sagte Lily. „Hier möchte ich auch wohnen." „Wenn du willst kannst du mit mir wohnen." „Wirklich?" fragte Lily. „Sofort komme ich hierher!" Dann holten sie die Sachen von Lily. Ritter Walter fragte: „Was ist denn deine Lieblingsfarbe?" „PINK!" „WAS? Das ist doch eine Mädchenfarbe", sagte der Ritter. „Okay, damit muss ich leben können, wenn du bei mir wohnst." Ritter Walter wollte Lily sowieso noch etwas fragen. „Lily, ich muss dir was sagen." „Ja. Was denn?" „Ich..ich..ich liebe dich." „Walter. Ich liebe dich auch!" Ritter Walter fragte Lily: „Willst du mich heiraten?" „Ja, ich will." Dann feierten sie ein schönes Hochzeitsfest. Lily fragte Ritter Walter noch: „Schatz, können wir die Burg streichen?" Der Ritter fragte: „In welcher Farbe denn?" „In Pink!" „Na gut, ich mache alles für dich, weil ich dich liebe:" Und wenn sie nicht gestorben sind, dann flirten sie noch heute.

Rittergeschichte von MERVE

Die Entführung der Prinzessin Sissi

Eines Tages kam ein neuer Ritter in die Burg Bilstein. In der Burg lebte auch eine Prinzessin. Sie war die hübscheste auf der Burg Bilstein. Ein unbekannter Mann, der „Schatten" hieß, wollte die Prinzessin entführen. Das Mädchen hatte Geburtstag. Da entführte der Mann die Prinzessin. Die Prinzessin sprach: „Was willst du von mir?" Der neue Ritter war ganz wütend. Warum? Wisst ihr das? Weil er die Prinzessin eigentlich beschützen musste. Die Prinzessin weinte jeden Tag.

Der Ritter ging zu dem König und sagte: „Ich werde eure Tochter finden. Ich verspreche es."

Die Prinzessin sprach zu dem Mann: „Ich gehe zu meinem Vater."

Wisst ihr, warum der Mann es der Prinzessin nicht erlaubte? Der Mann dachte, dass Sissi sonst nicht wiederkäme. Der neue Ritter ging ins Schattenland und nahm Sissi mit. Sissi erzählte, was geschehen war. Aber Sissi hatte schreckliche Angst. Sie dachte, dass der Schatten wieder käme. Sie guckte, wo der Ritter war. Der Ritter war gegangen. „Wohin?", fragte die Prinzessin. Der Ritter war zum Schattenland zurückgekehrt. Da wollte er mit Schatten kämpfen und das machte er auch. Als der Kampf beendet war jubelten alle Leute. Der Ritter hatte gewonnen. Die Prinzessin kam auch und bedankte sich beim Ritter. Der Ritter sagte: „Ich heiße Nico." Sissi sagte: „Warum hast du es nicht früher gesagt?" „Ich hatte Angst." „Warum denn?" „Wenn jeder meinen Namen hört möchte niemand mit mir befreundet sein." „Aber Nico ist ein hübscher Name." „Hauptsache dir gefällt er." Und Burg Bilstein war für ewig glücklich. Und wenn sie nicht gestorben sind, dann leben sie noch heute.

Der einsame Ritter

Es war einmal ein einsamer Ritter Rudi, der hatte keine Freunde. Eines Tages hat der Ritter Rudi einen Drachen gesehen und dieser Drache war sehr traurig. Der Ritter Rudi fragte den Drachen: „Warum bist du so traurig?" Der Drache antwortete: „Mit mir spielt keiner, weil ich so schrecklich aussehe."

Eines Tages fragte der Ritter: „Wollen wir Freunde sein?" „Ja, ja", sagte der Drache. Sie spielten jeden Tag und waren sehr glücklich.

Wenn sie nicht gestorben sind, dann leben sie noch heute.

Rittergeschichte von JONATHAN

Der einsame Ritter auf New Castle

Vor langer Zeit, in einem Dorf weit im Süden von England, gab es einen einsamen Ritter. Er hieß Ritter Rudor und lebte auf New Castle. Er war immer in der Burg und ging nie nach draußen, weil er Angst hatte, dass die Leute ihn nicht mochten. Genauso dachten die Leute im Dorf. Keiner betrat sein Grundstück. Darum war Ritter Rudor so einsam. Niemand wollte ihn besuchen. Er verstand nicht wieso, bis er eines Tages vor seine Tür ging. Er spazierte durch die Gegend und als er Menschen sah wollte er sie mit einem kräftigen „Hallo" begrüßen, was ihm auch gelang, aber sie bemerkten ihn gar nicht, weil sie über eine wahrscheinlich wichtige Sache redeten. Als sie ihn endlich bemerkten, fragten sie nur: „Wer bist du und von wo kommst du?" Nach einiger Zeit war alles klar und der Ritter war auch nicht mehr so einsam. Hinterher wurden alle Freunde und der Ritter Rudor machte am Abend noch ein tolles Fest. Da kamen alle aus dem Dorf und feierten die Freundschaft mit dem Ritter. Kurz drauf gingen alle nach Hause. Sie blieben für immer Freunde und aus dem einsamen Ritter wurde der glückliche Ritter Rudor.

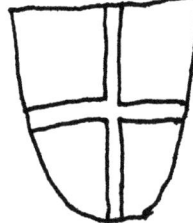

Rittergeschichte von DOMINIK

Knappe Rudi wird zum Ritter geschlagen

Rudi war ein kleiner Knappe. Er wollte später Ritter werden. Rudi lebte auf einer großen Burg, sie hieß Burg Bilstein. Es gab keine Schule und alles musste man selber lernen. Sieben Jahre alt war er und wanderte in viele Haushalte. Dann ging Rudi mit vierzehn Jahren zu einem Schildknappen. Der Schildknappe hieß Kevin. Der brachte ihm noch viel bei. Rudi musste noch viel lernen, z.B. Höflichkeit, wie man kämpft und Benimmregeln. Zuerst wurde das Kämpfen geübt. Der Schildknappe fragte: „Kannst du überhaupt kämpfen?" Rudi antwortete: „Ein bisschen." Rudi kämpfte gegen Kevin. Der Knappe Rudi gewann. Jetzt wurden die Benimmregeln gelernt. Schließlich wurde die Höflichkeit geübt.

Rudi war aufgeregt. Morgen war die Feier. Rudi übte alles noch einmal. Als erstes aßen und tranken sie was. Dann wurde Rudi vom König zum Ritter geschlagen. Er hob das Schwert über beide Schultern und Knappe Rudi hieß nicht mehr Knappe Rudi sondern Ritter Rudi. Wenn er nicht gestorben ist, dann lebt er noch heute.

Rittergeschichte von CAREN

Der einsame Ritter auf Burg Bilstein

Auf Burg Bilstein lebte vor vielen Jahren ein einsamer Ritter Namens Johannes. Seine Einsamkeit machte ihn so traurig, dass er anfing zu weinen. Am nächsten Tag riefen Ritter mit lauter Stimme. „Dort ist ja eine Burg!" Da dachte Johannes: „Die Ritter sind bestimmt nett." Also machte er sich auf den Weg zur Zugbrücke. Ritter Johannes ging aus der Burg raus und unterhielt sich mit den anderen Rittern. Johannes fragte Ritter Kuno: „Was machen Sie hier?" Darauf antwortete Ritter Kuno: "Wir suchen Unterschlupf." „Wieso?", wollte Johannes wissen?" „Weil unsere Burg eingestürzt ist und alle die darin gewohnt haben suchen eine Burg." „Wenn das so ist, ich habe noch ein paar Zimmer frei." „Wirklich?", brüllte Kuno vor Freude. „Ja, ihr könnt auf der Stelle bei mir einziehen. Ich habe noch ganz viele Zimmer frei." Ritter Kuno flüsterte zu Johannes und sagte: „Sollen wir Freunde sein?" Darauf antwortete Johannes: „Ja, ich will ganz gerne dein Freund sein, weil du bestimmt so nett bist, dass ich dich nie verlieren würde." „Kuno!", rief Johannes, „sollen wir einen Ausritt machen?" „Ja, gerne!", sagte Ritter Kuno. „Dann komm, wir machen uns auf den Weg." Später als Johannes und Kuno von dem Ausritt wieder kamen gingen sie sofort schlafen.

Wenn sie nicht gestorben sind, dann leben sie noch heute.

Rittergeschichte von NILS

Das Schlachtfeld

Es spielte sich alles im Mittelalter ab. Die rote Mannschaft kämpfte gegen die blaue Mannschaft. Der Anführer der Roten rief: „Jetzt wird es ernst!" Ein paar der Feinde gelang es mit Hilfe eines Katapultes in die Burg einzudringen und der Kampf ging weiter. Die Falltür öffnete sich zum unterirdischen Verlies. Nun gewann die rote Mannschaft und die blaue Mannschaft zog sich zurück in ihre Burg. Ein Jahr später kamen die Ritter zurück und stürmten die Burg. Wenn sie nicht gestorben sind, dann kämpfen sie noch heute.

Rittergeschichte von BAHAR

Die Ritter sind gute Helden

Vor langer Zeit war eine Burg. Sie hieß Burg Einstein. Dort waren nur drei Ritter. Sie hießen Nicklas, Kubilay und Ferhats. Sie halfen Leuten, wenn sie Schwierigkeiten hatten. Eines Tages hatte auch ein Drache ein Problem. Sie kannten den Drachen. Die Ritter gingen zum Drachen und überprüften, ob er verletzt war. Sie sahen einen Pfeil. Sie zogen den Pfeil heraus. Einen Tag später brannten Feinde den Wald ab. Jetzt hatte der Drache kein Zuhause mehr. Aber zum Glück war noch ein Wald neben der Burg. Sie mussten es ihm nur bequem machen. Dem Drachen gefiel es. Die Ritter kamen ihn täglich besuchen. Der Drache freute sich darauf. So wurden sie Freunde. Wenn sie nicht gestorben sind, dann leben sie noch heute.

Rittergeschichte von ROBIN

Der gefürchtete Drachenritter

Hallo! Mein Name ist Ritter Bruno und ich möchte euch eine Geschichte von einem Drachen erzählen, der unsere Prinzessin Fiola entführte, die wir dann befreien sollten. Das ganze spielte sich vor etwa 15 Jahren auf Burg Bilstein ab. Das war nämlich so: Es war schon Nacht und auf der Burg schliefen alle. Bis auf einmal ein Hilferuf tief aus dem Wald kam. Sofort sprangen alle auf und griffen zu den Waffen. Nun wurde das Geschrei immer lauter. Wir rannten jetzt so schnell es ging in den Rabenwald. Nach einer Weile standen wir auf einer Lichtung. Aber was war das? Da sahen wir die wunderschöne Prinzessin Fiola mit dem bösartigen Drachen. Sie kreischte. Inzwischen war der Drache richtig wütend auf uns. Jetzt kam es zu einem erbarmungslosen Kampf. Der Drache wehrte sich mit Flügeln und Beinen. Inzwischen hatte der Hauptmann gemerkt, dass ein Pfeil in seinem Flügel steckte. Er sagte mir sofort bescheid. Kurz drauf sprang ich auf den Rücken. Das war gar nicht so leicht. Aber trotzdem schaffte ich es, den Pfeil heraus zu ziehen. Plötzlich wurde der Drache zahm. Wir konnten mit der Prinzessin Heim gehen. Es gab ein sehr großes Fest. Ich wurde zum Drachenritter geschlagen und durfte Prinzessin Fiola heiraten. Jetzt bin ich König auf Burg Bilstein.

Rittergeschichte von FLORIAN

Der Drache und der Ritter

In einem kleinen Dorf lebte ein Ritter Namens Peter. Er hatte Angst vor Drachen, weil sie so stark waren und in gruseligen Wäldern lebten. Deswegen ging Peter nicht in den Wald. Nämlich wenn die Drachen einen Ritter sahen, dann spuckten sie Feuer. Deswegen hatte Peter so große Angst, wenn er Drachen sah. Wenn er einen Drachen sah, alarmierte er das Dorf und alle versteckten sich vor dem Drachen. Eines Tages flog der Drache über das Dorf. Peter kriegte Angst und versteckte sich hinter einem Baum. Aber der Drache sah Peter und er landete sofort. Dann stieß er sich den Fuß. Er flog hin und war verletzt. Peter sagte: „O Gott! Der arme Drache! Wir müssen helfen!" Sie nahmen ihn mit in das Dorf. Sie verarzteten ihn, nun konnte der Drache wieder fliegen. Er flog nach Hause und schlief ein. Und wenn der Drache nicht gestorben ist, dann lebt er noch heute.

Rittergeschichte von YASMIN

Der böse Drache

Es war einmal ein böser Drache, der lebte in einer Höhle. Eines Tages flog
er zur Burg Einstein. Der böse Drache beobachtete das Burgfräulein und
dachte: „Ach, ist die schön!" Der Drache flog wieder zur Burg zurück und
dachte sich einen Plan aus. Der Plan lautete: Ich fliege heute Nacht zur
Höhle und entführe das Burgfräulein. Dann wurde es Abend und der Drache schlief ein. Nachts wurde der dann wach und flog zur Burg. Er dachte:
„Wie komme ich jetzt hier rein?" Er flog einmal um die Burg, dann fand er
den Eingang und schlich sich hinein. Als er dann die ganze Burg durch-
sucht hatte, fand er das Zimmer vom Burgfräulein und nahm sie auf den
Rücken. Dann flog er wieder zur Höhle. Er dachte: „Wann sollen wir heiraten und wie viele Kinder kriegen wir?" Er fand keine Antwort. Plötzlich
wachte das Burgfräulein auf und schrie: „Wie komm ich denn hierher und
was mache ich hier?" Sie guckte aus dem Eingang und sah den Drachen.
Er sagte: „Hallo Kleine! Wie du siehst bist du bei mir zu Hause. Toll sieht
es hier aus, ne?" Der böse Drache fing an zu lachen und konnte nicht mehr
aufhören. Da ging Licht in der Burg an und einer fing an zu schreien. Er
schrei: „Wo ist das Burgfräulein?" Dann kam der Ritter und sagte: „Ich
werde das Burgfräulein suchen und finden!" Der Ritter machte sich auf
den Weg. Zuerst suchte er in der Burg, aber da war sie nicht. Dann suchte
er im Wald. Da sah er die Höhle. Er ging vorsichtig hinein. Der Ritter sah
da den Drachen und bekam Angst. Er fragte: „Ist das Burgfräulein da?"
Der böse Drache sagte: „Ja, aber du kriegst sie nicht. Ich habe sie zuvor
gestohlen, aber sie fühlt sich hier wohl." Das Burgfräulein fühlte sich nicht
wohl. Und der Ritter dachte: „Warum lege ich mich mit dem Drachen an?

Ich kann das Burgfräulein doch eh nicht mitnehmen." Der Ritter ging wieder zurück, ganz allein und traurig. Aber dann geschah es: Das Burgfräulein konnte abhauen und holte den Ritter ein. Die beiden gingen fröhlich zusammen nach Hause. Dem Ritter wurde ein Festmahl bereitet und das Burgfräulein wurde erstmal von allen in den Arm genommen. Der böse Drache wurde gefangen für den Rest seines Lebens. Und wenn sie nicht gestorben sind, dann leben sie noch heute.

Rittergeschichte von JENS

Der Ritter und der Zauberer

Es war vor langer Zeit, da gab es einen Ritter der Rudi hieß. Er lebte auf einer riesigen Burg. Sie hieß Burg Blitz. Eines Tages hatte Ritter Rudi einen Traum. Er träumte von einem tollen Schwert, dessen Name Excalibur war. Ritter Rudi wachte auf und dachte nach. Er hatte schon einmal so einen Traum und es war Wirklichkeit. Also beschloss Ritter Rudi, dass er mit seinem Pferd loszog. Doch er war nicht der einzige, der diesen Traum hatte. Weit weg von der Burg hatte Zauberer Jochen auch so einen Traum. Er wollte auch das Schwert und machte sich mit seinem Kobold auf den Weg. Ritter Rudi fand in der Burg-Bibliothek eine Karte, weil er nichts über das Schwert wusste. Er nahm die Karte mit und hoffte, dass es dieses Schwert wirklich gab und dass das Buch kein Kinder-Comic war. Das hatte der Zauberer in seiner Zauberkugel beobachtet und wollte sie auch kriegen. Zauberer Jochen hatte einen Plan, denn er wollte sich bei dem Ritter als Freund ausgeben und dadurch die Karte kriegen. Der Zauberer traf sich an der alten Eiche um 12 Uhr. Er sagte: „Willst du nicht auch dieses tolle Schwert wovon ich und du geträumt haben?" Ritter Rudi fand es zwar komisch, dass der Zauberer von dem Traum wusste, aber er sagte ja und der kleine Kobold, der Zauberer und der Ritter machten sich auf den Weg und fanden noch an dem Tag die Kammer, in der das Schwert Excalibur der Karte nach sein sollte. Der kleine Kobold sollte als erster in den dunklen Kammereingang, aber er wollte nicht. Der Ritter fand es für besser, wenn er der erste ist und ging hinein. Mit lauter Stimme rief er den Zauberer und den Kobold auch rein. Langsam schlichen sie den finsteren Gang auch entlang und sahen einen hohen Turm mit einer Leiter die noch recht neu aussah. Ritter Rudi kletterte die Leiter hoch und sah das Schwert mit einer Kiste. Aber er wusste noch nicht, wie er die schwere Kiste nach unten kriegen sollte. Dabei hörte er den Zauberer von der Machte des Schwertes und davon erzählen, dass er, wenn er unten ist, das Schwert klauen wolle. Der Ritter stürzte sich den Turm hinunter, stach das Schwert im letzten Moment in den Turm und es hat keiner gehört. Er belauschte sie noch ein bisschen. Aber dann fiel der Turm um, weil der Zauberer sich an den Turm geklemmt hatte. Der Ritter holte sich den Kobold und rannte so schnell wie es ging nach draußen. Der Zauberer kam schwer verletzt aus der Kammer und das Schwert bekam der König zum Geburtstag. Der Kobold ging mit, weil er sonst kein zuhause hatte. Die Beiden rannten zur Burg Blitz zurück und wurden die besten Freunde.

Rittergeschichte von CIHAD

Der Angriff auf Burg Bilstein

Die Geschichte ist im Jahr 1100 passiert. Es war einmal ein Ritter Rudolph, der war sehr froh, weil keiner Burg Bilstein angriff. Die Burg war
schon 199 Jahre und 1 Monat alt, keiner hatte die Burg angegriffen, weil
jeder Angst hatte, weil er jeden Kampf bisher gewonnen hatte. Er hatte
ganz viele Männer die ihn beschützen konnten. Dann ist einmal ein Ritter
gekommen, der hat gesagt: „Rudolph, ich bin stärker als du! Mach das Tor
auf, wenn du dich traust." Rudolph schrie zu seinen Männern: „Macht das
Tor auf und greift an. Ich verstecke mich so lange." Sie kämpften, aber es
gab keinen Gewinner. Nach 3 Stunden hatten Rudolphs Männer gewonnen.
Sie waren sehr froh. Rudolph war auch sehr froh. Und wenn sie nicht
gestorben sind, dann leben sie noch heute.

Rittergeschichte von MUSTAFA

Der Ritter und der Knappe

Ein Knappe sollte ein Ritter werden. Der Ritter Robin nannte den Knappen Rudo. Nach einiger Zeit erzählte der Ritter Robin dem Knappen die Regeln, die ein Ritter kennen muss. Nach ein paar Tagen sagte der Ritter dem Knappen: „Die Zeit ist da um ein Ritter zu werden." Der Knappe freute sich darüber sehr, dass er ein Ritter war. Der Ritter Robin nannte den neuen Ritter schwarzen Rudo. Schwarzer Rudo wollte auch ein Pferd besitzen. Keiner konnte sich mehr leisten als der schwarze Rudo, weil sein Vater ein König war. Nach drei Jahren starb der Vater vom schwarzen Rudo und so wurde schwarzer Rudo der neue König von Alono. Viele Jahre regierte der schwarze Rudo mutig das Land.

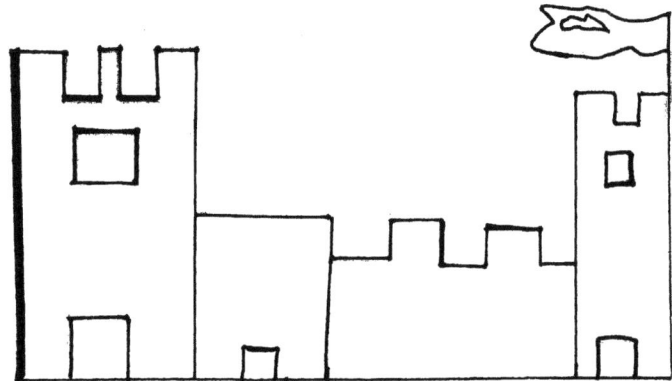

Rittergeschichte von MARLEEN

Der einsame Ritter auf Burg Bilstein

Auf Burg Bilstein lebte vor vielen Jahren ein Ritter mit dem schönen Namen Gerald. Er besaß eine prächtige Burg mit vielen Mägden und Knechten, aber eines hatte er nicht und das waren andere Ritter mit denen er befreundet sein konnte. Eines Tages ritt Ritter Gerald durch die herrliche Landschaft von Bilstein. Plötzlich sah er mehrere Ritter, die gerade von einem langen Ausritt wieder kamen. Die Ritter wollten zurück zu ihrem Zeltlager, das sie im Wald aufgebaut hatten, weil sie auf dem Weg zu einem Turnier waren. Als sie Gerald erblickten, sagte ein Ritter zu ihm: „Komm, setzt dich zu uns und lass uns gemeinsam speisen." Er setzte sich zu ihnen, aß und hörte den anderen Rittern aufmerksam bei ihren Ge- schichten zu. Inzwischen bemerkte Gerald, dass es Zeit wurde nach Hause zu reiten, aber er hatte ja ganz vergessen wie? Also sagte er zu den andern Rittern: „Wer mich sicher nach Hause begleitet und den Weg zu meiner Burg findet, soll reich belohnt werden und für immer mein bester Freund sein!" Johannes, ein armer Ritter, sprang auf sein Pferd und ritt mit Gerald los. Plötzlich knackte es im Gebüsch. Sie wurden ganz starr vor Schreck und auf einmal sahen sie um sich herum schreckliche, furchteinflößende, wilde Räuber. Sofort zog Johannes sein Schwert und kämpfte, aber auch Gerald verteidigte sich glänzend. Endlich hatten sie es geschafft. Gemein- sam konnten die beiden sich gegen die Räuber wehren. Als sie bei der Burg ankamen schworen sie sich ewige Freundschaft. Abends setzten sie sich ans Feuer und Johannes erzählte von seinen Abenteuern, die er erlebt hatte. Im Frühjahr luden Gerald und Johannes die Ritter aus dem Zeltlager ein. Sie feierten Feste und veranstalteten Turniere. Gerald war endlich nicht mehr alleine, er hatte jetzt seinen Freund fürs Leben gefunden.

Rittergeschichte von MARCUS

Der einsame Martin auf Burg Bilstein

Der Ritter war ganz allein auf dem Zimmer. Er hatte keinen Freund und er hatte niemanden zum Spielen. Der Ritter hieß Martin. Seine Rüstung war außerdem aus Eisen. Deswegen war sie ganz schwer. Er war der stärkste Ritter. Er hatte eine Lanze. Außerdem gewann er jedes Turnier. Martin zog immer eine blaue Rüstung an und er war ein kräftiger Krieger. Er hatte auf seinem Zimmer jede Menge Pokale und Medaillen. Nachher kamen Menschen und wollten auch Ritter werden. Als die ganzen Menschen wussten, dass Martin 10 Pokale hatte wollten sie alle Pokale und jetzt sind sie alle Freunde. Dann wurden sie auch Ritter und hatten nachher auch Pokale und waren später Freunde. Die Ritter haben auch Turniere gewonnen. Aber sie waren nicht so gut wie Martin.

Rittergeschichte von ERIK

Der mutige Knappe

Es war einmal vor langer Zeit ein Junge, er hieß Leon, der wollte so gerne
Ritter werden. Er ging zu seinen Eltern und fragte: „Kann ich Ritter
werden?" Sein Vater antwortete. „Ja!" Dann brachte der Vater ihn zu
einem Ritter. Der Ritter wohnte auf der Burg in einem kleinen Haus. Da
sagte Leons Vater: „Dieser Ritter wird dir alles beibringen." Dann ging Leons Vater weg. Der Ritter sprach zu Leon: „Also du willst Ritter werden?
Dann fangen wir gleich mal an zu trainieren." Als erstes wurde Leon
beigebracht mit Speeren umzugehen, Leon hatte viele Schwierigkeiten mit
dem Speer umzugehen. Da sprach der Ritter: „Mit dem Speer bist du nicht
so gut, versuchen wir es mit dem Schwert." Leon hatte auch mit dem
Schwert Probleme. Der Ritter sagte zu Leon: „Mit dem Schwert hast du
auch Probleme, jetzt versuchen wir es mit Pfeil und Bogen." Aber Leon
fiel auch mit dem Bogen durch. Da sagte der Ritter: „Es tut mir leid, aber
du bist durchgefallen." Leon war sehr traurig, er wollte so gerne Ritter
werden. Er ging mit einem traurigen Gesicht zum Marktplatz. Plötzlich
packte ein Mann mit einem schwarzen Kittel Leon am Hals. Er drohte
Leon: „Wenn der König mir nicht seinen größten Schatz gibt, schicke ich
meinen Drachen auf eure Burg und er wird alles zerstören." Leon hatte
große Angst, er lief so schnell wie es nur ging zum König und erzählte ihm
alles was geschehen war. Doch ihm glaubte niemand. Einige Tage später
wollte Leon es noch einmal versuchen, aber es war schon zu spät, der
Mann kam schon mit dem Drachen durch das Fenster und nahm alle
gefangen, doch Leon hatte er übersehen. Leon hatte fürchterliche Angst,
doch dann riss er sich zusammen und ging zum Drachen. Er kämpfte gegen

den Drachen. Er versuchte es mit einem Pfeil und einem Bogen, doch es klappte nicht. Mit dem Schwert war es genauso. Leon dachte, er würde es nicht schaffen, doch dann zog er plötzlich einen Speer und bezwang den Drachen. Dann klaute er den Schlüssel für das Gefängnis, öffnete die Tür und ließ alle Gefangenen frei. Danach wurde Leon zum Ritter geschlagen und die Burg feierte ein großes Fest. Leon war sehr glücklich.

Rittergeschichte von CAROLIN

Der Geist auf Burg Bilstein

Im Jahr 1812 gab es ein Schloss, was heißt ein Schloss, eine wunderschöne Burg: Die Burg Bilstein. Doch man sagt, dass der frühere Burgherr auf der Burg Krieg führte und dass er vom Feind angegriffen und ermordet worden war. Nun möchte ich euch seine Geschichte erzählen. Als er ermordet wurde verwandelte er sich in einen Geist. Dann wollte ein Mann auf Burg Bilstein Urlaub machen und lernte den Geist kennen und zwar so: Nach einiger Zeit legte sich der Mann schlafen. Er hörte quietschen und knarren einer Tür. Plötzlich sagte eine Stimme: „Erschreck dich nicht, aber: BUH!" Der Mann machte das Licht an, sah den Geist des alten Burgherren und schloss prompt Freundschaft mit ihm. Der Geist erzählte von seinem Leben: „Als ich 20 Jahre alt war, war ich ein toller Ritter und vor allem war da noch Lola, die Tochter von Graf Hans. Doch Hans mochte mich nicht und deshalb verbot er Lola mich zu treffen. Doch Lola und ich hatten einen Plan. Lola log: „Ich gehe im Wald spazieren." Doch in Wirklichkeit war sie bei mir. Ich weiß, das klingt jetzt alles ein bisschen nach Romeo und Julia, aber es ist war. Dann war Krieg und Graf Hans griff mich an und ermordete mich. Ich wurde ein Geist und spukte viele Jahre im Schloss herum, bis ich dich traf. Den Rest kennst du ja." „Bei deiner Lebensge- schichte hast du eins vergessen", sagte der Mann. „Was denn?" fragte der Geist. „Den Schlusssatz!" murmelte der Mann, im Übrigen mit dem Namen Hubert. „Und wenn sie nicht gestorben sind, dass leben sie noch heute!" „Ha, ha, ha!" machte der Geist.

Rittergeschichte von MAX

Der böse Drache

Der Drache lebte im Mittelalter in einer einsamen Höhle. Er war ein Einzelgänger und er hasste die Menschen, die ihn verletzten. Zuerst fing er an Feuer zu spucken wenn Menschen kamen und danach flog er los um etwas zu Fressen zu suchen. Was fand er wohl? Na, ein paar saftige Schafe. Die Hirten versuchten den Drachen fern zu halten. „Geh weg", riefen die Hirten immer und immer wieder. Sie gingen zur Burg und riefen. „Schnell, wir haben ein Problem." Ein Ritter kam herbei und fragte: „Was ist denn los?" Ein Hirte sprach: „Ein Drache frisst unsere Schafe auf. „ Der Ritter sagte: „Also gut, ich werden mich darum kümmern." Er ging zu dem Drachen und wollte ihn töten. Der Drache wehrte sich, was das Zeug hielt. Der Ritter hatte ihn fast besiegt, aber das spuckte der Drache Feuer auf den Ritter und der Drache gewann den Kampf. Die Hirten aber rannten weg und ließen sich nie wieder sehen.

Und wenn der Drache nicht gestorben ist, spuckt er immer noch Feuer.

Rittergeschichte von EMINE

Der Drache und der Ritter

Eines Tages kam ein neuer Ritter auf die Burg Bilstein. Der Ritter sah auf der Burg Bilstein einen einsamen Drachen. Der Ritter wollte zu dem Drachen gehen, er wollte fragen, warum er so einsam war. Vorher hatte der Ritter Angst, aber er brauchte keine Angst zu haben, weil der Drache selber Angst hatte, dass der Ritter ihn sieht und dass er auch wegläuft. Der Ritter war schon bei dem Drachen angekommen und fragte: „Warum bist du so einsam?" Der Drache sagte: „Mit mir möchte keiner spielen. Wenn die Kinder mich sehen, laufen sie schnell weg und deshalb bin ich so traurig. Ich bin ganz allein." Der Ritter fragte: „Sollen wir Freunde werden?" Der Drache war ganz freundlich und schrie: „Ja, ja, ja! Ich möchte ganz, ganz gerne mit dir befreundet sein!" Sie spielten jeden Tag zusammen. Wenn der Ritter irgendwohin ging, ging auch der Drache mit. Sie blieben für immer und ewig Freunde. Und wenn sie nicht gestorben sind, dann leben sie noch heute.

Rittergeschichte von LENA

Der unfreundliche Besucher

Hallo! Ich bin Ritter Rudolf. Ich möchte euch eine merkwürdige Geschichte erzählen, die mir passiert ist. Neulich bekam ich Besuch, was ich eigentlich nicht erwartet habe. Dieser Mensch war nicht gerade freundlich zu mir. Nachdem er sich die Burg angesehen hatte füllte er einen geheimnisvollen Zettel aus. Inzwischen holte ich den Wein aus dem Keller und als ich hoch kam riss der Mann mir den Wein aus der Hand und sagte zu mir: „Lies dir diesen Zettel durch und lasse einen Botschafter kommen der mir dann den ausgefüllten Zettel bringt. Auf Wiedersehen!" Darauf verschwand er sofort und ich sagte noch: „Warten Sie! Ich habe da noch eine Frage! Ach, was soll's. War auch nicht so wichtig." Als ich dann den Zettel ausgefüllt hatte ging ich anschließend ins Bett. Im Bett ließ ich mir den Zettel noch einmal durch den Kopfe gehen und dachte: „Habe ich auch wirklich alles richtig angekreuzt?" Danach schlief ich Gott sei dank sofort ein. In dieser Nacht hatte ich einen fürchterlichen Traum, in dem der unfreundliche Besucher wiederkam und mich anschimpfte, dass ich den Zettel nicht richtig ausgefüllt hätte. Schweißgebadet stand ich auf. Zum Glück war das Ganze nur ein Traum. Ich stand auf und frühstückte erst einmal. Es vergingen ein paar Wochen und ich hatte die ganze Geschichte schon wieder vergessen, als plötzlich ein Botschafter mit einer Nachricht von dem unfreundlichen Gast kam, wo drauf stand, dass ich ein Pferd mit einer goldenen Ritterrüstung gewonnen hatte. Ich freute mich riesig und veranstaltete abends ein großes Fest.

Rittergeschichte von KEVIN

Martin gewann das Turnier

Martin und sein Freund Peter gingen zum Markt und wollten einkaufen.
Martin entdeckte einen Stand. Der Stand war voll mit Plakaten. Martin
schaute sich das Ganze erstmal an und staunte. Er nuschelte vor sich hin:
„Da gehe ich hin." Schließlich war Martin ein Ritter, und sein Freund Peter
war nicht nur sein Freund, sondern sogar sein Helfer. Peter fragte: „Wann
ist das Turnier?" Martin antwortete: „Am 9.4.1289." „Oh, oh! Das ist ja
schon in zwei Tagen." „Ach das schaffen wir mit Leichtigkeit", sagte
Martin. Martin trainierte fleißig und Peter war beeindruckt. „Seine Leis-
tung ist ja viel besser als sonst." Martin laberte: „Übermorgen mach ich
den ersten Platz." „Bestimmt", antwortete Peter und lachte dabei. Am
nächsten Morgen wachte Martin auf und flüsterte leise: „Morgen ist es so-
weit." Er frühstückte erstmal. Peter war schon wach und machte die Rüstung bereit. Zurzeit trainierte Martin nur noch mit den Pferden. Als es dann
Abend war hatte Martin so ein Kribbeln im Bauch, dass er nicht ein-
schlafen konnte. Am nächsten Morgen ging das Turnier los. Bald war
Martin an der Reihe. Er trat gegen den schwarzen Ritter an. Der schwarze
Ritter stand schon bereit. Martin stieg auf sein Pferd und hielt seine Lanze
in der Hand. Er ritt los und stieß den schwarzen Ritter vom Pferd. Der
schwarze Ritter war besiegt und Martin gewann das Turnier.